जूनियर
जासूस करमचंद

बाल उपन्यास

BY

राजनारायण बोहरे

ISBN 978-93-5438-520-9

Published in India 2020 by Pencil

A brand of

One Point Six Technologies Pvt. Ltd.

123, Building J2, Shram Seva Premises,

Wadala Truck Terminal, Wadala (E)

Mumbai 400037, Maharashtra, INDIA

E connect@thepencilapp.com

W www.thepencilapp.com

Author biography

राजनारायण बोहरे

जन्म

बीस सितम्बर उनसठ को अशोकनगर म 0 प्र 0

शिक्षा

पत्रकारिता एवं लॉ में स्नातक तथा हिन्दी साहित्य में स्नातकोत्तर

प्रकाशन

' इज्जत आबरू ' एवं ' गोस्टा तथा अन्य कहानियां ' " हादसा ' तीन कथा संग्रह

' मुखबिर ' एक उपन्यास एवं

किशोरों के लिए तीन उपन्यास

सम्मान

म 0 प्र 0 हिन्दी साहित्य सम्मेलन का वागीश्वरी पुरस्कार एवं

साहित्य अकादमी मध्यप्रदेश का ' सुभद्राकुमारी चौहान पुरस्कार '

संपर्क

एल आय जी 19 हाउसिंग बोर्ड कॉलोनी दतिया

दतिया म 0 प्र 0 475661

Contents

हत्यारी दवा

हत्यारी

दवा

"तुम निश्चिंत रहो गोपाल अब ऐसे नासमझ डॉक्टर और हत्यारी दवाओं के कारखाने बंद ही करायेंगे।" ऐसा मन ही मन कहते हुए अजय गोपाल के पिता के साथ वापस चल दिया था।

अजय को याद आया था वह अपने भाई अभय के साथ उस समय गोपाल को देखने आया था।

फौजी जासूस केदार सिंह के लड़के अजय और अभय बहुत मिलनसार और बहादुर लड़के थे। स्कूल में उनके साथ पढ़ने वाला गोपाल इनका सबसे घनिष्ट मित्र था। उसके पिता किसी दफ्तर में चपरासी थे तो पैसे के मामले में वह बहुत गरीब था लेकिन बड़ा ईमानदार और मेहनती लड़का था। स्कूल में कोई भी प्रतियोगिता होती तो वह हमेशा आगे रहता।

कुछ दिनों से गोपाल स्कूल नही आ रहा था तो अजय और अभय ने समझा कि हो सकता है वह कहीं बाहर गया हो। लेकिन जब लगभग एक हफ्ता ही हो गया, तो उन्होंने ध्यान दिया और वे दोनों चिंता करके केवल जानकारी लेने के लिए ही उत्सुकतावश उसके घर की तरफ चले आये थे। यहां तो माजरा ही कुछ और था।

तब चैंकते हुए अजय और अभय दोनों गोपाल को एकटक हो कर ताके जा रहे थे।

गोपाल के गाल बिलकुल पिचक गये थे , गालों की जगह केवल हड्डियां दिख रही थीं। उसकी आंखे जैसे भौहों के नीचे गहरे गड्डों में धंस सी गयी थी। उसके सफेद होंठ मानो किसी मुरझाये फूल की सिकुड़ी हुयी पंखड़ियां थीं। उसके हाथ मानो

किसी लकड़ी के टुकड़े जैसे सूखे थे। वह एकटक होकर निस्तेज पीली आंखों से बस उन दोनों को ही देखे जा रहा था।

उसकी इस आकृति देख कर कोई कह नही सकता था कि यह वही गोपाल है जो कुछ दिन पहले पूरे स्कूल में उछलता कूदता दम न लेता था। आज कोई उसे देख कर पहचान भी नहीं सकता था और यही अजय अभय के साथ हुआ वे उसे पहचान ही नही सके कि उस नीचे झुकी खाट पर कौन लेटा है।

कुछ देर बाद अजय और अभय जागे, जबकि उनसे ही गोपाल कह रहा था - अजय बैठो, अभय तुम भी बैठो।

सुनकर उन्होंने चारों ओर निगाह दौडाई, कि कोई कुर्सी जैसी चीज नजर आ जाये तो वे बैठ सकें।

उनकी दौड़ती निगाह देख कर गोपाल बोला - क्या ढूढ रहे हो भैया, यह गोपाल का घर है, यहां कुर्सी और स्टूल नही नही मिलेगी। आप लोग भूल गये कि यह आपके गरीब दोस्त गोपाल का घर है।

यह सुना तो उन दोनों भाई को याद आ गया कि सच तो कह रहा है गोपाल। इसके पिता तो सचमुच गरीब है, कुर्सी तो क्या उसके यहां एक मूड़ा भी नही था। वे दोनों गोपाल के पास ही उसी की चटाई पर बैठ गये।

बैठते हुए अजय बोलाकिन तुम्हे क्या हो गया गोपाल, एक सप्ताह में ही इतनी हालत खराब हो गयी। तुम तो भले चंगे थे। '

गोपाल कुछ कहना ही चाहता था कि अचानक उसकी मां आ गयीं, वे बोली"बेटा एक सप्ताह पहले इसे बुखार आया तो इसके पिताजी हमारी गली के कोने पर क्लीनिक खोले बैठे एक प्राइवेट डॉक्टर को बुला लाये थे। '

मां की बात गोपाल ने पूरी की, ' और उस झोला छाप डॉक्टर ने आते ही मुझे एक इंजेक्शन लगा दिया और मुट्ठी भर के गोली केपसूल दे कर चला गया था। इंजेक्शन

लगते ही मेरा बुखार ज्यादा बढ़ गया था और उसी दिन से मैंने खटिया पकड़ ली। उस डॉक्टर के इलाज से मुझे कोई लाभ नही हुआ बल्कि मेरी हालत खराब होती जारही थी तो मैंने पिताजी से जिद करके उसका इलाज बंद कर दिया। '

गोपाल की मां कहने लगी - ' इलाज बन्द होते ही गोपाल ठीक होने लगा। लेकिन इसे रोज रात को बुखार आ जाता था तो इसके पिता को चिन्ता हुई वे फिर उसी डॉक्टर को बुला लाए और वही आजकल इलाज कर रहा है। अब इसकी भूख और प्यास भी खत्म हो गयी है , न कुछ खाता है न रात का नींद आती है, दिनों दिन कमजोर और सुस्त होता जा रहा है। '

वे लोग बातें कर रहे थे कि गोपाल के पिता आ गये उनके साथ एक आदमी था जिसके हाथ में बैग और गले में स्टेथस्कॉप लटका हुआ था।अजय और अभय समझ गये कि यही व्यक्ति डॉक्टर है । उसे देखते ही गोपाल की आंखें आतंकित सी हो उठी।

अजय उठ कर गोपाल के पास आया और धीरे से बोला - ' गोपाल क्या बात है? क्यूं डर रहे हो?"

' मैं इनसे इंजेक्शन नहीं लगवाउंगा। '

' अरे पागल हो क्या? जब दवा नही कराओगे तो ठीक कैसे हो पाओगे? अभय ने भी गोपाल को समझाया।

अजय और अभय को भी उस डॉक्टर के पक्ष में बोलते देख गोपाल चुप हो गया और विवश सी निगाहों से अजय और अभय की ओर ताकने लगा।

डॉक्टर ने थर्मामीटर निकाला और गोपाल के हाथ के फंसा कर बुखार देखा और वापस निकाल कर बुदबुदाया - ' अरे इसका बुखार कम क्यों नही हो रहा?"

फिर वह गोपाल के पिताजी से बोल"हरकिसन जी, इसे फिर इंजेक्शन लगाना पड़ेगा। '

पिताजी की सहमति पाकर डॉक्टर अपने बैग से एक इंजेक्शन निकाल कर सीरींज में दवा भरी और गोपाल की सूखी बांह में बड़ी बेदर्दी से छेद दी।गोपाल की आंखों से आंसू बहने लगे तो अजयने अपनी जेब से रूमाल निकाल कर उसके आंखों को पोंछ दिया।

उधर अपना सामान समेटते डॉक्टर से अभय ने पूछा "डॉक्टर साहब क्या बात है? गोपाल आपके इतने दिन के इलाज के बाद भी अच्छा क्यों नही हो रहा? आप पर्चा तो दिखाओ इसे कौन सी दवाई दे रहे हो । आजकल नकली दवायें चल रही हैं,आप असली दवाई दे रहे हो न इसको। '

' मैं तो इलाज कर रहा हूं, मुझे क्या पता अच्छा क्यूं नही हो रहा। मुझे क्या पता कि दवाई असली है या नकली। तुम कोई पुलिस के दारोगा हो क्या? ऐसा रूखा सा जवाब देते हुए डॉक्टर ने गोपाल के पिता के सामने फीस के लिए हाथ फैला दिया। गोपाल के पिता ने चुपचाप उसके हाथ में फीस के रूपये रख दिए।

डॉक्टर ने अभय को घूरा और जाने के लिए मुड़ा ही था कि अचानक अजय ने थोड़ी कड़क आवाज में कहा " रूको डॉक्टर साहब, मरीज की हालत बिगड़ती जा रही है और आप कहते हो कि आपको पता ही नहीं कि क्या बिगड़ रही है। इसका इलाज तुम कर रहे हो तो कानून के हिसाब से इसकी सारी जिम्मेदारी तुम्हारी ही है। '

' जाओ जाओ, बहुत देखे हैं कानून बघारने वाले ! ' कहते हुए डॉक्टर बाहर की ओर बढ़ा तो गुस्सा होते हुए अजय उसके पीछे लपका, पर गोपाल के पिता ने उसे रोक लिया और बोले - बेटा यह डॉक्टर बहुत होशियार है,रोज ही सैकड़ों लोगों का इलाज करता है। आप लोगों से उम्र में बड़ा है आपको इज्जत के साथ बात करना चाहिये। '

अभय जो अब तक म नही मन गुस्से के घूंट पी रहा था वह गोपाल के पिता पर ही उबल पड़ा - अंकल आपको इस रूखे और नौसिखिये से डॉक्टर में ऐसा क्या दिखा जो आप इससे इलाज करा रहे हो। आपके पास फालतू पैसे थे क्या जो आप गोपाल

को सरकारी डॉक्टर के पास ले जाने की जगह इस प्राइवेट झोला छाप डॉक्टर के पास चले गये।

गोपाल के पिता फूट कर रोपड़े - ' बेटा आप लोग मुझे क्या पैसे वाला समझते हो? मुझे भी अपने बेटे से बहुत प्यार है। मैं सरकारी अस्पताल गया था लेकिन मेरे बहुत रोने गिडगिड़ाने पर भी सरकारी डॉक्टर बिलकुल नहीं पसीजा था, वह न तो गोपाल को देखने घर आया और न ही दवाई दी। क्या करता मैं इस प्राइवेट डॉक्टर को ही ले आया।

अचानक अजय का ध्यान गोपाल की तरफ गया जिसकी तबियत लगातार बिगड़ती जा रही था, वह तेज सांसे लेने लगा था और उसकी आंखें बार बार बंद हो रही थी। वे तीनों गोपाल के पास पहुंचे।

अजय ने अपने भाई अभय से कहा - अभय तुम घर चले जाओ और पापा से कहके किसी सरकारी डॉक्टर को लाने का कहा और अपने घर से नौकर के हाथ एक खटिया भी लेते आना जिससे गोपाल को अच्छे विस्तर पर लिटा दें। '

इतना सुनते ही अभय अपने घर की ओर चल पड़ा।

अजय गोपाल के पास आगर बैठ गया उसकी आंखें गोपाल के चेहरे पर जमी थीं और उसके कान बाहर की प्रत्येक आहट पर लगे थे। वह बार बार बाहर की तरफ देख रहा था।

अचानक गोपाल को तेज हिचकियां आने लगी थी, तो यह देखकर अजय बहुत डर गया और वह गोपाल के पिता से बोला,अंकल मैं सीधा सरकारी डॉक्टर सिंह अंकल के घर जारहा हूं। '

कुछ दूर चलने पर ही उसने देखा कि डॉक्टर सिंह अंकल और अभय तेज - तेज चलते हुए गोपाल के घर की तरफ पैदल चले आ रहे हैं। अजय ने डॉक्टर को नमस्कार किया और उनके हाथ का बैग अपने हाथ में लेकर उनके साथ वापस लौट पड़ा।

अभी वे गोपाल के घर से कुछ दूर ही थे कि अजय ने देखा कि उनके घर का नौकर साइकिल पर लादकर एक खटिया लिये आ चुका है।

अचानक गोपाल के घर से तेज चीख सुनाई दी तो घबराये हुए अजय ने गोपाल के घर की ओर ताबड़तोड़ दौड़ लगा दी। गोपाल के घर पहुचं कर असमंजस की हालत में खड़ा हो गया क्योंकि गोपाल के पिताजी दीवार से सिर टकराते हुए बहुत दर्दनाक स्वर मे रो रहे थे जबकि गोपाल की मम्मी गोपाल के पास बैठी विलख रही थीं। गोपाल के छोटे भाई और बहन भी तेज स्वर में रो रहे थे।

उनके घर का सामूहिक रोना पीटना देख कर डॉक्टर भी ठगे से रह गये । उन्होंने आगे बढ़कर कान पर स्टेथस्कॉप चढ़ाया और गोपाल सीने पर लगा दिया। फिर सिंह अंकल ने गोपाल की आंख की बन्द पलकों को अंगुली से उपर उठाया और टॉर्च की रोशनी में कुछ देखा। अब उन्होंने गोपाल का हाथ उठा कर उसकी कलाई अपने हाथ में लेकर नब्ज देखने की कोशिश की और छोड़ा तो एक टूटी लकड़ी सा हाथ नीचे गिर गया था। डॉक्टर की आंखे सिकुड़ गयी और वे दूर हट गये।

अजय पास में आया तो डॉक्टर ने बहुत उदास आवाज में कहा - बेटा अजय आप लोग थोड़ा देर से पहुंचे। अब कुछ नहीं हो सकता।

अजय के हाथ से बैग लेकर सिंह अंकल बाहर की तरफ चलपड़े तो गोपाल की मां जैसे पागल सी हो उठीं और वे गोपाल के उपर बार बार सिर पटकने लगीं।

अजय बाहर तक डॉक्टर को छोड़ने आया तो पाया कि डॉक्टर साहब बहुत उदास हो गये है और जैसे आये थे, वैसे तेज तेज न चलते हुए बहुत थके - थके से धीमे कदमों से वापस जा रहे हैं। अजय मन ही मन सोच रहा था कि अगर वे दोनों कुछ दिन पहले ही गोपाल को देखने आ जाते तो शायद गोपाल बच जाता।

सहसा उसे याद आया था कि जरूर उस डॉक्टर के इंजेक्शन में ऐसा कुछ गलत पदार्थ था कि उसे देख कर गोपाल डर जाता था।

अजय भीतर आया तो उसने देखा कि डॉक्टर द्वारा लगाये गये इंजेक्शन की दवा की शीशी, सीरिंज और उसकी गोली केपसूल के पत्ते वहीं रखे हैं। अजय ने यह सारा सामान उठाया और अपनी जेब में रख लिया।वह गोपाल के पिता के पास बैठ गया और उन्हे समझाने लगा।

कुछ देर बार मोहल्ले के लोग जुट आये तो गोपाल की मिटटी सी देह को मिटटी में मिलाने के लिए तैयारी आरंभ हो गयी। अजयऔर अभय भी गोपाल की अर्थी के साथ शमशान तक गये। एक छोटी सी चिता पर लिटा कर गोपाल को आग के सुपुर्द कर दिया गया तो अजयऔर अभय की आंख में भी आंसू आ गये।

"चलो बेटा गोपाल तो चला गया" गोपाल के पिता उन्हें ही टोक रहे थे। वे लोग चिता की तरफ एकटक देख रहे थे उन्हे लग रहा था कि गोपाल कह रहा है कि - मित्र भूलना नही मेरी मौत का बदला लेना, ऐसे झोला छाप डॉक्टर और उसकी नकली दवाइयों का भण्डाफोड़ करना। जिससे मेरे जैसे हजारों गरीब लोग ऐसे मौत के सामान से बच सकें।

अगले दिन अजय और अभय अपने पापा के साथ एक बैन्ंच पर बैठे थे और उनकी निगाहें सामने वाले कमरे पर थी जिस पर लेबोरेटरी लिखा हुआ था।

अजय ने कल गोपाल के पास से उठाई दवाइयों को रात को ही पापा को देकर कहा था कि जरूर यह नकली दवाइयां हैं तो आज सुबह ही उनके पापा सरकारी डॉक्टर सिंह साहब के पास आ गये थे, इसलिए अजय अब गोपाल के घर जाकर जो दवाइयां वहां रखी हों वे सब लाना पड़ेगी।

अजय और अभय के पापा भी तुरंत तैयार हो गये। रात को ही वे सब गोपाल के घर पहुंचें तो गोपाल की मां ने दीवार की अलमारी में रखी एक टोकनी भर सारी दवाइयां उन्हें दे दीं जो पिछले सात दिन से डॉक्टर ने गोपाल को दीं और अब तक बची रह गयी थीं।

वह दवाइयां आज सुबह इस लेबोरेटरी में जांच कराने भेजी गयी थीं।

कुछ देर बाद रिपोर्ट लेकर एक अंकल बाहर आये और अजय के पापा से गंभीर आवाज में बोले" आपका और डॉक्टर सिंह का शक सही निकला। ये दवाइयां नकली ही नही बहुत जहरीली हैं।"

ठाकुर केदार सिंह अफसोस से बोले " ओ माय गाड"

अजय और अभय को लग रहा था कि उनके प्यारे दोस्त को हत्यारी दवाओं के बड़े गिरोह ने खत्म कर दिया था। उनको मन ही मन गुस्सा बढ़ता जारहा था।

वे लोग डॉक्टर सिंह साहब के पास पहुंचे तो डॉक्टर साहब बोले कि अब उस दुकान का पता लगाना चाहिए जहां ये बिकती हैं, फिर उसके जरिये आसानी से उस फैक्टी तक पहुंच सकेंगे।

कुछ देर बाद अजय और अभय के पिता फौजी जासूस केदार सिंह अपनी गाड़ी में बैठकर गोपाल के घर के लिए चल पड़े । गोपाल की गली के कोने में अजय को एक दकान मेंक्लीनिक को वोर्ड लगा देखा तो उसने ध्यान से देखा। सामने ही वह डॉक्टर बैठा हआ था जो गोपाल को यह जाली दवा देता रहा था।

अजय ने गाड़ी रूकवाई और अपने पापा को साथ लेकर उस डॉक्टर के पास जा पहुंचे । अजय के पापा को देख कर वह डॉक्टर हिचकिचा गया "सर नमस्ते, आप कौन है और मेरे पास कैसे पधारे?"

अजय ने कहा "याद करो डॉक्टर साहब आप इसी गली के गोपाल का इलाज कर रहे थे और उसको नकली दवायें दे रहे थे जिससे उसकी मौत हो गयी। ये मेरे पिता है फौजी जासूस - ठाकुर केदार सिंह ! "

अब वह डॉक्टर रोने ही लगा - "मुझे क्या पता कि काल फार्मास्युटिकल कम्पनी की दवा नकली हैं, वे तो बहुत सस्ती मिलती हैं तो मैं ले आता हूं और कुछ मुनाफा लेकर मरीज को देता हूं। '

केदारसिंह जी बोले "दूसरे दुकानदारों और डॉक्टरों में बड़ा फर्क है डॉक्टर साहब। दूसरे लोग मुनाफा कमाने के लिए सस्ती चीजें खरीदते हैं , आपके पास तो लोगों की जिंदगी बचाने का काम है, आप सस्ती चीजें खरीदेंगे तो लोगों की जान ही चली जायेगी। आपने जो हत्यारी दवायें गोपाल को दीं उनसे एक हंसते खेलते बच्चे की जान चली गयी। आपके खिलाफ तो हत्या का मुकद्दमा दर्ज होना चाहिए।

अब तो वह डॉक्टर अपनी कुर्सी से उठ कर केदारसिंह जी के चरणों में बैठ गया और चीत्कार मार के रोने लगा - "मैंने जान बूझ कर यह अपराध नहीं किया। यह सब जरा से लालच में हुआ है ठाकुर साहब ! मुझे बचा लीजिए साहब ! "

केदारसिंह जी ने उसे समझाया कि "हमे पता है कि कोई डॉक्टर कसाई नही होता, तुमने जानबूझ कर गोपाल को मारने के लिए वह दवाई नही दी, लेकिन अन्जाने में तुमसे एक हत्या हो गयी है जिसके लिए जेल की चक्की पीस सकते हों। भला चाहते हो तो चल कर काल फार्मास्युटिकल्स कम्पनी की फैक्टी पकड़वा दो। '

डॉक्टर तुरंत ही साथ चलने को तेयार हो गया।

वे लोग पुलिस थाने पहुंचे तो सारा मामला समझ कर पुलिस इंसपेक्टर अंकल ने तुरंत ही मुकदमा दर्ज कर उस डॉक्टर को समझाया कि तुम सरकारी गवाह बन जाना, हम तुम्हारा नाम भी नही आने देंगे। फिर थाने से स्वास्थ विभाग में फोन किया गया जहां से दो डग इंसपेक्टर थाने आ गये।

शाम को पुलिस और स्वास्थ विभाग ने काल फार्मास्युटिकल्स पर छापा मारा तो यह देखकर सब सन्न रह गये कि एक तलघर में बहुत कम उजाले में सीलन, फफूंद लगी गोदाम जैसी जगह में इंजेक्शन, गोली और केपसूल बन रहे थे। एक कोने में उस जगह सैकड़ों मजदूर पुरानी दवाइयों को नयी बोतल मे भरने और नकली पर्ची चिपकाने का काम कर रहे थे। जिन मशीनों में दवा बनाई जा रही थी उनमें चूना पावडर, मिटटी पावडर, गोरा पत्थर का टेलकम पावडर वगैरह मिला कर बहुत कम असली कैमिकल और दवायें मिलाई जा रही थी इसलिये मिटटी की बनी दवा

मिटटी के मोल बेची जाती होगी। काल फार्मास्युटिकल से मिली खबर के आधार पर दो दूसरी फैक्टी पर भी छापा मारा गया। बहुत सारे अपराधी गिरफतार किये गये और तीनों फैक्टीयां सील कर दी गयीं।

अगले दिन अखबारों में हत्यारी दवाओं के इन कारखानों की खबर विस्तार से छपी थी और सबसे बढ़िया बात यह थी हर अखबार में अजय और अभय के दोस्त गोपाल का फोटो भी छपा था जिसकी मृत्यू के आधार पर यह मुकदमा आरंभ किया गया था।

अजय और अभय को लगा कि उन्होने अपने दोस्त को एक छोटी सी श्रद्धांजलि दे दी है, अब इस कस्बे में कोई गोपाल किसी हत्यारी दवाओं से अपनी जान नही देगा।

नशे के सौदागर

नशे

के सौदागर

स्कूल में खाने की आधी छुट्टी हुयी थी। अभय मामा के यहां गया हुआ था और अजय उन दिनों अकेला ही स्कूल जाता था।

अजय खेल मैदान के बीचोंबीच बने उस गोल चबूतरे की ओर बढ़ रहा था, जहां राष्ट्रीय त्यौहार पर एक ऊंचा पाईप लगा कर झण्डा फहराया जाता है। अजय रोज यहीं बैठ कर मैदान के में यहां वहाँ बैठे दोस्तों और उछलकूद करते साथियों के पूरा मजा लेते हुए अपना टिपिन खोल कर खाना खाता है।

' सुनो अजय, एक जरूरी बात करना है तुमसे।" यकायक अजय को आवाज देकर अजेश ने बुलाया। अजय ने मुड़ कर अजेश को देखा तो मुंह बनाया।

अजय को अजेश कभी पसन्द नही रहा। न शकलसूरत से न बातचीत और व्यवहार से। जब देखो तब पैसे के लिए लालायित रहता है, पैसा भी केवल चाट खाने और सिनेमा देखने के लिए माँगता है। सौ रूपये देकर उससे कुछ भी करा लो।

अजय को लगा कि भले ही अजेश पसन्द नही लेकिन अपने हर सहपाठी की मदद करना उसका कर्तव्य है क्योंकि वह अपनी कक्षा का मॉनीटर है। इस वक्त बुला रहा है तो जरूर अजेश को कोई निजी दिक्कत हो सकती है, इसलिये अपनी पसन्द या नापसन्द के चक्कर में उसे अनदेखा नही करना चाहिये। वह गोल चबूतरे की तरफ न जाकर उधर बढ़ा,जिधर मैदान के एक कोने में कि अजेश खड़ा था।

अजेश के पास पहुंच कर अजय ने पूछा "क्यों अजेश, क्या दिक्कत है "

" मुझे कोई दिक्कत नही, तुम मॉनीटर हो इसलिए तुम्हे मैं तो कुछ बताना चाह रहा था। तुम तो जानते हो कि अपने स्कूल के बहुत से लड़के अपना होमवर्क नही कर पाते और उन्हें अपना पाठ याद भी नही होता तो रोज डाँट खाते हैं। जबकि कुछ साथी हमेशा बीमार और कमजोर से रहते हैं, ऐसे सब लोगों के लिए बाजार में, एक दवा आई है, जिसे लेने से पढ़ाई में मन भी लगता है और बीमारी - कमजोरी भी दूर होती है। ऐसी चमत्कारी दवा किसी को चाहिये हो तो मुझसे लेलें ये अपने स्कूल में सब छात्रों से कहलवाना था। " अजेश बड़े आत्मविश्वास से बोल रहा था।

" कौन सी दवा है? किस दवा दुकान पर मिलेगी?ये तो बताओ ! "

" वो किसी दुकान पर नहीं , मेरे पास मिलेगी। "

" अरे तुमने क्या दुकानदारी शुरू कर दी " अजय को अचरज हुआ।

" दुकान नही यूं ही बेचूंगा, दवा वाले लोग सीधे मुझे देंगे और मै जरूरतमन्द दोस्त को दूंगा। " अजेश के पास दवाई बेचने की सारी योजना थी।

" ठीक है अपन लोग छुट्टी के बाद बात करेंगे। " कहता अजय अपने खाने की प्रिय जगह की ओर लौट आया।

टिपिन खोल कर पहला कौर तोड़ते हुए अजय सोच रहा था कि दवाई बेचने वालों को अजेश कहां मिला होगा और ऐसी कौन सी दवाई है जो हर बीमारी पर खाई जा सकती है, उसे टेलीविजन में देखे गये विज्ञापन याद आये। एक विज्ञापन में तो कोई दवा कम्पनी बताती थी कि वे लोग अनानास नाम के फल का रस निकाल कर दवाई में मिला कर रख लेती है और हर बीमारी को ठीक करने के गुण बता कर अनानास का रस बेचती है,दूसरा विज्ञापन कहता था कि उनकी कम्पनी किसी फल का रस निकाल कर इसी तरह के दवा मिलाकर बोतल बंद दवा के रूप में बेचती है। दोनों कंपनियां दावा करती है कि इस रस के पीने से हर बीमारी दूर होगी।

खाने के बाद पढ़ते समय भी अजय के मस्तिष्क में अजेश की बातें घूमती रही।

छुट्टी के बाद बहुत देर तक इन्तजार करने के बाद भी अजेश नही आया तो अजय अपनी साइकिल उठा कर घर लौट आया।

दूसरे दिन अजेश स्कूल आया और अजय की कुर्सी के पास ही आकर बैठ गया। अजय ने कहा कि कल स्कूल की छुट्टी के बाद क्यों नही मिले,तो अजेश ने बताया " कल एक दूसरे स्कूल में दवा बेचने के लिए मैं अपने दोस्तों के पास चला गया था इसलिये यहां नही आ पाया था। "

अजय अचरज में भर के बोला " अरे तुम तो पूरे शहर में अपनी दवा के ग्राहक तलाश रहे हो। "

" हां यार, तुमने कल स्कूल में किसी से बात भी नहीं की। " अजेश ने शिकायत भरे लहजे में कहा।

" हम सोच रहे हैं कि जिस दिन प्रार्थना के बाद अकेले छात्र लोग बचें उसी दिन हम बात करेंगे, क्योंकि सर लोग सुनेंगे तो बहुत सारी पूछताछ करने लगेंगे। " अजय ने अपनी परेशानी बताई।

सर , लोगों के सुन लेने का नाम सुन कर अजेश यकायक घबरा सा गया और बोला, "अरे भैया सर न सुन लें नही तो बहुत बुरा हो जायेगा। '

अजय बोला " क्या बुरा हो जायेगा"

' अरे अरे " हकलाते हुऐ अजेश बोला "वे कहेंगे कि तुम अभी पढ़ने वाले बच्चे हो अभी काम धंधा मत करो। उन्हे मैं ये नही बता सकता कि मेरे घर की माली हालत खराब है। '

अजय ने उसे धीरज बंधाया " तुम चिन्ता न करो, सर लोगों को पता नही लगेगा। लेकिन ये तो बताना होगा कि तुम क्या चीज बेचोगे। '

' बताऊंगा न। लेकिन जब समय आयेगा मैं तुम्हे भी बताऊंगा। ' कहता हुआ अजेश वहां से खिसक गया।

उस दिन के बाद एक लम्बे समय तक अजेश स्कूल में नही दिखा। अजय ने भी अपनी ओर से उसके बारे में कोई पूछताछ नही की।

दीपावली की छुट्टियां खत्म ही हुई थी कि एक दिन अजेश पहले पीरियड में हाजिर था। वह उसी बैन्च पर बैठा जिस पर अजय बैठा करता था। अजय ने मुस्करा के अजेश से नमस्ते कहा और अपनी कुर्सी पर जाकर बैठ गया।

अजेश ने न तो अजय की नमस्ते का जवाब दिया और न ही मुस्कराया। यह देख कर अजय का अजीब सा लगा।

जब सर ने पढ़ाना शुरू किया तो अजेश उन्हे अजीब निगाहों से देखता रहा। अजय ने गौर से देखा कि अजेश की आंखें लाल हो रही थीं। उसका चेहरा कुछ सूज सा गया था।

खाने की छुट्टी के बाद अजेश तेजी से उठा और दौड़ लगा कर मैदान की ओर भाग गया। वह मैदान में जा कर एक कोने की तरफ खड़ा हो गया था और चारों ओर देखता हुआ जाने किसको ढूंढ़ रहा था। अजय की निगाहें अजेश पर ही जीम थी। उसने देखा कि अलग अलग कक्षाओं के चार - छात्र अजेश की तरफ खिसक रहे थे। पास में आ कर वे लोग एक दूसरे से खूब गले लगके मिले। खूब खुश हुए और स्कूल से बाहर की ओर चले गये।

उस दिन वे लोग वापस नही लौटे।

अजेश जब भी नही दिखता नई धज में दिखता। कभी नये कपड़े कभी बेहद पुराने। कभी पांव में फटे जूते कभी एकदम नए। कभी एकदम तन्दुरूस्त कभी बहुत बीमार सा दुखी।

अजय समझ नही पा रहा था कि अजेश किस चक्कर में है।

एक दिन की बात है, अजेश उस दिन स्कूल आया था और ठीक उसके बगल में बैठा था। अजय बाथ रूम की तरफ जाने को निकला ही था कि उसने बरामदे में से

देखा स्कूल के मुख्य दरवाजे से पुलिस के पच्चीस तीस जवान एकाएक भीतर घुस आये। अजय का माथा ठनका। स्कूल में पुलिस काहे आयी। वह जल्दी से बाथरूम से वापस आ कर अपनी बैंच पर बैठा और उत्सुकता से इंतजार करता रहा कि पुलिस क्या करती है।

होमवर्क की कॉपी जांच रहे सर ने भी पुलिस को देख लिया था और छात्रों से बोले थे "आप लोग चुपचाप बैठना। हम देखते हैं कि स्कूल में पुलिस क्यों आई है"

अब कक्षा के सारे बच्चे चैंके - स्कूल में पुलिस क्यूं "

कुछ देर बाद बरामदे में पुलिस के बूटों की आवाज सुनाई दी। एकएक कमरे में दो दो पुलिस वाले घुस रहे थे। उनके कमरे में भी दो पुलिस वाले आये और सर की टेबल के पास खड़े हो गये। उन्होंने सारे बच्चों को गौर से देखा फिर उनमेंसे एक बुजुर्ग सा सिपाही वाला बोला " देखो बच्चो,डरना नही। हम लोग आपकी सुरक्षा के लिए आपके स्कूल में आये हैं। सब बच्चे अपने बस्ते टेबिल पर रख कर चुपचाप खड़े रहें। हम आपके बस्तों की जांच करेंगे।"

फिर उन्होंने अपनी जेब से हथेली की बराबर का एक छोटा सा यंत्र निकाला जो किसी मोबाइल फोन जैसा लग रहा था वे दोनों आगे बढ़े और एक एक बस्ते के ऊपर उसे घुमाते हुए कक्षा में घूमने लगे।

कुछ देर बाद काम हो गया तो वे फिर सर की टेबल के पास खड़े हो गये। बुजुर्ग सिपाही अंकल बोले " ठीक है बच्चो, अब लोग निश्चिंत हो कर पढ़ाई कर सकते हो।"

सिपाही चले गये तो अजय सोच विचार में डूब गया, ये सिपाही क्या देखने आये होंगे। क्या ये लोग किसी बम या पिस्तौल की तलाश में होंगे। अगर बम या पिस्तौल ढूढ़ रहे थे तो वो यहां कहां से आ गयी। '

उसने अजेश से पूछना चाहा कि वह क्या सोचता है इस विषय में। अजेश की तरफ मुड़ कर देखा तो उसे बड़ा अचरज हुआ, अजेश तो मूर्ति सा बैठा था। एकदम घबराया सा। डरा हुआ सा। अजय चुप रह गया।

सहसा अजेश खड़ा हुआ और कक्षा के दरवाजे की ओर बढ़ गया।

अजय भी उत्सुकता से उठा और अजेश के पीछे चल पड़ा। अजेश बरामदे में डरता हुआ सा चला जा रहा था। वह उधर बढ़ रहा था जिधर कोने में जाकर बाथरूम है। जब अजेश बाथरूम के अंदर चला गया तो अजय वापस लौट आया। उसे अजेश का इस तरह से डरना और उठ कर भाग खड़ा होना समझ में नही आ रहा था।

छुट्टी के बाद अजय को एक ही चिन्ता खाये जा रही थी कि अजेश जरूर किसी मुसीबत में है तभी तो पुलिस के आने के बाद वह एकाएक क्यों घबरा गया। लेकिन उसे समझ नही पा रहा था कि क्या कारण हो सकता है।

अगले दिन स्कूल जाते समय अजय ने अपने पापा को बताया कि कल स्कूल में पुलिस आई थी जो सब बच्चों के बस्ते की जांच करती रही थी और निराश हो के वापस चली गयी थी। अजय के पापा ने यह घटना सुनी तो तुरंत ही अपने मोबाइल पर पुलिस विभाग के अनुविभागीय अधिकारी को फोन लगा कर अजय के स्कूल में जाने का कारण पूछा तो उन्होने पता नही क्या बताया कि पापा केवल हां हां समझता हूं कहते रहे। फोन रख कर उन्होने अजय को कुछ नही बताया। अजय चुपचाप रहा।

स्कूल सामान्य गति से चलता रहा लेकिन अजय के दिमाग में एक उत्सुकता बढ़ती जा रही थी कि आखिर अजेश क्यों परेशान सा दिख रहा है। बहुत सोच कर एक दिन खाने की आधी छुट्टी के समय उसने अपने खास दोस्त निकेत से सलाह की - "निकेत, यार एक बात बताओ, तुम्हे आजकल अजेश को कुछ अलग सा नहीं दिखता क्या"

' हां यार, मै तुमसे पूछने वाला था लेकिन स्कूल के होमवर्क और प्रोजेक्ट के चक्कर में भूल ही जाता था। तुम्हे कुछ अंदाजा है कि क्यों परेशान है अजेश "

' मुझे ज्यादा पता नही, पहले तो एक दिन वह बोल रहा था कि किसी ने बच्चों के बीच उसे कोई दवाई बेचने के लिए काम सोंपा है। ' अजय ने बताया।

' बच्चों के बीच कौन सी दवाई बेचेगा वह " निकेत ने हैरानी से पूछा।

' बता रहा था कि याददास्त बढ़ाने और कमजोरी दूर करने की दवाई है कोई "अजय ने याद करके बताया।

' किसी ने ली क्या वो दवाई "

' अजेश ने कुछ बताया ही नही "

' तो फिर तुम्हे आज क्यों याद आई "

' मुझे तो उस दिन की याद आ गयी जब स्कूल में पुलिस आयी थी। ज्यों ही पुलिस को देखा, अजेश तो जाने क्यों डर के मारे थर थर कांपने लगा था। फिर जब पुलिस चली गयी तो वह उठ कर बाथरूम की तरफ भाग गया था। " अजय ने याद कर बताया।

' मुझे तो लगता है कि इस का रहस्य बाथरूम में ही होगा। ' हंसते हुए निकेत बोला।

' नही, निकेत, मजाक मत करो, अजेश का राज तो खोजना ही पड़ेगा हमे। " अजय की आवाज में एक दृढ़ निश्चय उभर के आ रहा था।

' कैसे खोजोगे अजेश का राज" निकेत को उत्सुकता थी।

अजय ने निकेत के कान में अपनी योजना बताना शुरू की। निकेत ने अजय की योजना से सहमति जताई।

अब अजय को अजेश का इंतजार था।

दो दिन बाद अजेश दिखा तो अजय उससे बाते करने का व्याकुल हो गया। वह दौड़ कर अजेश के पास गया और बोला "तुम कहां चले गये थे अजेश, हम कितने दिनों से तुम्हे तलाश कर रहे थे"

' क्यों , क्यों तलाश रहे थे ' सहसा डरते हुए अजेश ने पूछा।

' अरे यार सुनो तो ' कहते हुए अजय ने चारों ओर देखा फिर जब उसे यह अंदाज हो गया कि कोई उसकी बात नही सुन रहा है तो अजेश से बोला "अजेश तुमने बताया था न कि किसी को अपना पाठ याद न होता हो या बीमारी और कमजोरी रहती हो तो कोई दवाई मिलती है तुम्हारे पास।"

' हां मिलती है न ' आंखों में चमक लाते हुए अजेश बोला ' किसे चाहिये बताओ, किसी अनजान लड़के को नही देंगे हम। कोई अपने वाला हो ता बताना। '

' अपने वाला क्या मुझे खुद को चाहिये यारा। ' अजय ने उदास सा चेहरा बना कर कहा।

अजेश ने अचरज से अजय को घूरते हुए कहा ' तुम्हे क्या हुआ '

' कुछ दिनों से दिमाग जाने कैसा हो गया है कि कित्ती भी देर तक पढ़ू याद ही नही होता। ' अजय अब भी उदास था।

' लेकिन तुम जैसे बच्चों को ये दवाई नही दी जाती अजय" अजेश ने अपना असमंजस बताया।

' हम जैसे बच्चे का मतलब क्या है अजेश '

' तुम्हारे पापा ठाकुर केदारसिंह फौज में जासूस हैं न, तो हमारी कंपनी वालों ने कहा है कि पुलिस वालों और बड़े अफसरो के बच्चों को कभी भी दवाई नही देना है। '

' अरे क्यों भला, हमसे क्या बुराई है तुम्हारी कंपनी वालों को" अजय का अचरज बढ़ता जारहा था।

' मुझे नही पता यार " अजेश ने यह कह कर चुप्पी साध ली।

' दवाई तो लेना है यार" चाहे दुगनी कीमत चुकानी पड़े। ' अजय ने अपनी बात में वजन लाते हुए कहा।

अब अजेश चैंका। वह देर तक अजय को देखता रहा। फिर बोला " सच्ची में दुगने रूपये दोगे क्या "

' हां दूंगा ना। ' अजय ने निश्चय जताते हुए कहा।

' तो फिर दोस्त हम तेरे लिये अपनी कंपनी से झूठ बोल के दवाई लायेंगे।" ऐसा कहते अजेश के चेहरे की चमक देखते ही बनती थी।

अजय ने अपनी जेब खर्च के पैसों में से पचास का एक नोट निकाल कर अजेश को दिया तो अजेश ने झपट के उसे जेब में रख लिया। फिर बोला "देखो अजय, एक पुड़िया की कीमत है दस रूपये। दुगनी कीमती पर तुम्हें मिलेगी बीस रूपये में। लेकिन तुम हमारे दोस्त हो इसलिये हम पचास रूपये में तुम्ह तीन पुड़िया दिलायेंगे। '

' मंजूर है यार, कहते अजय ने बैचेनी का अभिनय किया बस तुम हमे अभी के अभी पुड़िया दिलवाओ। '

' अभी कैसे मिलेगी" कहता अजेश फिर असमंजस में आ गया" इस वक्त उस दुकान तक जाना और आना बहुत मुश्किल होगा।"

' क्यों भाई, दवाई का कोई समय भी होता है क्या"अब एक्टिंग कर रहे अजय का बैचेनी भरा चेहरा देखने काबिल था।

अजेश ने मानो हथियार डाल दिये, तो चलो अभी ले के आता हूं। '

' अरे तुम जाओगे फिर आओगे तो देर नही हो जायेगी क्या, चलो हम साथ चलते हैं।" अजय ने कहा।

' हां ये सही रास्ता है। चलो हमारे साथा लेकिन शर्त ये है कि तुम दुकान पर नही जाओगे। दुकान हम चले जायेंगे, तुम दूर खड़े रहना। ' अजेश ने शर्त लगाते हुए कहा।

' हमे मंजूर है भैया। तुम दवाई तो दिलाओ। ' अजय ने फिर बैचेनी प्रकट की।

अजेश ने इशारा किया तो अजय अपनी क्लास तक गया और अपना बस्ता उठा कर स्कूल के बड़े गेट तक आ गया और गेट पर खड़े चौकीदार से बोला "हमको घर तक जाना है अंकला दरवाजा खोलो। "

अजय पहली बार ऐसे स्कूल टाइम में घर जा रहा था तो चौकीदार को किसी तरह की शंका नही हुई। उसने रजिस्टर उठाया और अजय से अपना नाम पता लिखने को कहा। अजय ने आसानी से अपना नाम, कक्षा का नाम और घर जाने का कारण पेट खराब होना लिखा और अपने हस्ताक्षर करके रजिस्टर चौकीदार को दे दिया। अजय का माथा ठनका जब उसने देखा कि रजिस्टर में कहीं भी अजेश का नाम नही लिखा है, जबकि अजेश रोज ही दिन के बीच में स्कूल से निकल जाता है।

अजय ने अपनी साइकिल उठाई और बाहर आ गया। बाहर अपनी साइकिल लिये अजेश तैयार खड़ा था। फिर क्या था, दोनों साइकिलें चल पड़ी। आगे आगे अजेश और पीछे पीछे अजय था। स्कूल वाली सड़क से पीछे मुड़ते अजय ने देखा कि स्कूल के दरवाजे से निकेत की साइकिल निकल रही थी।

अजय को बस्ता उठा के जाते देख उसका दोस्त निकेत भी सारा मामला समझ गया था और वह भी बहाना बना कर स्कूल से भाग निकला था।

टाउनहाल चौराहे के बड़े बाजार तक पहुंच कर अजेश दो मिनट को रूका और फिर तुरंत ही घण्टाघर के बगल वाली गली में साइकिल चलाता हुआ आगे बढ़ गया। सौ कदम चलने के बाद अजेश रूका तो उसके पास जाकर अजय रूक गया। अजेश बोला "वो देख रहे हो कोने वाली दुकान, बस वहीं मिलगी दवाई। तुम यही रूको हम लेकर आते हैं। "

अजय ने सहमति में सिर हिलाया तो अजेश आगे बढ़ गया। अजय ने पलट कर पीछे देखा तो उसका अंदाजा सही निकला कि निकेत उनका पीछा करता हुआ गली के दरवाजे पर आकर खड़ा हो गया था। अजय को अकेला देख कर वह उसके पास आ पहुंचा। अजय ने फुसफुसाते हुए कहा " वो कोने वाली दुकान पर मिलती है दवाई। वहीं गया है अजेश। "

' ठीक है " कहता हुआ निकेत अपनी साइकिल घुमाकर वापस वही चला गया जहां कि अभी तक खड़ा था।

कुछ देर बाद अजेश वापस लौटा और इशारा करता हुआ अजय के पास से गुजरा। अजय उसके पीछे बढ़ चला।

जब वे गली से निकल कर टाउनहाल चैराहे को पार कर रहे थे तब पीठ करके खड़ा होगया निकेत उनहे चुपचाप देख रहा था। उनके हटते ही निकेत ने अपनी साइकिल उसी गली की उस दुकान की तरफ बढ़ा दी जिधर से कि अजेश वापस आया था।

उधर अजेश और अजय तेज तेज साइकिल चलाते खेल मैदान की तरफ बढ़ रहे थे। खेल मैदान पर पहुंच कर अजेश ने एक कोने की तरफ इशारा किया। अजय ने साइकिल खड़ी कर उधर ही डग बढ़ाये।

अजेश ने चारों ओर सावधानी से देखते हुए अपनी जेब से पान मसाले जैसे पैक की हुई तीन पुड़िया निकाली और अजय के हाथ में धर दी।

अजय बोला ” इसे कैसे खायेगे ”

' जैसे लोग पान मसाला खाते हैं वैसे ही तुम इसका कोना फाड़कर मुंह में डाल लेना। "अजेश ने समझाया।

जब अजेश को लगा कि अजय समझ नही पा रहा है तो उसने सिखाने के लिए अपनी जेब से एक और पुड़िया निकाली और उसको हिला कर उसका एक कोना फाड़ कर फेंक दिया। अब पुड़िया में इतनी जगह हो गयी कि उसमें रखी दवाई निकल सकती थी। उसने पुड़िया को मुंह तक ऊंचा उठाया और पुड़िया का खुला हिस्सा अपने मुंह के खुले हिस्से में उड़ेल लिया।

एक मिनट को उसने बुरा सा मुंह बनाया फिर तुरंत ही मुंह में पहुंची दवाई को चूसते हुए बोला "बस इस तरह खाना है , फिर देखना कि किस तरह से तुम्हारा मन पढ़ाई में लगेगा। "

' ठीक है हम अब घर ये दवाई लेंगे। " अजय बोला

' देख भाल के खाना कि कोई देख न ले।" कहता अजेश मैदान के अपने प्रिय कोने में जा पहुंचा। उसकी आंखें अब नींद में डूबने लगी थी।

अजय घर की तरफ बढ़ा। उसे निकेत का इंतजार था।

निकेत आया तो वह अपने मोबाइल कैमरे से उस दुकान के फोटो उतार लाया था जिसमें कि दवाई बेची जा रही थी।

निकेत और अजय ने अजय के पापा को मोबाइल का फोटो और वे पुड़ियें दिखाई।

पापा ने पुलिस के एसडीओपी अंकल को फोन लगाया तो उन्होंने थाने तक चले आने को कहा। अजय, निकेत और पापा सीधे थाने तक पहुचे। वहां पुलिस कोतवाल के साथ एसडीओपी अंकल बैठे थे। निकेत और अजय ने बिना उन्हें सारी कहानी सुनाई तो तो उनकी आंखे खुली की खुली रह गयी। उन्हें विश्वास ही नही हुआ कि बीच बाजार में ऐसा धंधा चल रहा होगा। उन्होंने अपना मोबाइल निकाल कर किसी को फोन लगा कर कहा कि "जाओ टाउनहाल के बगल की गली की फलां दुकान की सुरागरसी करके आओ। तुरन्त। '

एक घण्टे बाद उनका मोबाईल बजा तो उन्होने से फुर्ती से उठाया। वे हां हां करते रहे।

कुछ देर बाद वे कोतवाली अंकल से कह रहे थे कि "जल्दी अपनी फोर्स को तैयार करो, हमको एक साथ तीन जगह दबिस देनी है।"

आनन फानन में पुलिस के तीन दल तैयार हुये। एक दल बाजार मे दूसरा दल घनी बस्ती तरफ और तीसरा दल मरघट की ओर रवाना हुआ।

वे लोग अपने काम के लिये निकले और अजय वगैरह घर वापस हुये।

अगले दिन का अखबार पुलिस के कारनामों से भरा पड़ा था।

पुलिस ने नशे की दवाई बेचने वाली एक बड़ी दुकान पर छापा मार के बहुत सारा माल जब्त किया था। छापे के वक्त वहां बहुत सारे बच्चे माल खरीदते मिले थे। मरघट

वाली गोदाम पर भी बहुत सारे बच्चे पुड़िया खा कर सोते हुऐ मिले थे। जबकि जिस दुकान पर छापा मारा गया उस दुकानदार के घर वालों को पता तक न था कि उनके घर का मालिक नशे का सौदागर है।

इस बात की खुशी थी कि सारा कारनामा करने वाले अजय और निकेत तथा अजय के पापा का अखबरों में कही भी नाम नहीं था।

सारे नगर के लोग पुलिस की वाहवाही कर रहे थे।

अगले दिन स्कूल में भी इसी छापे की चर्चा थी जिसे सुनते हुए अजेश जाने क्यों अजय को ताक रखा था, जबकि अजय भी एक दम चुप बैठा अजेश को घूर रहा था कि मानो कह रहा हो कि मेरी दवाई का क्या होगा अजेश?

जासूस करमचंद

मजाक मजाक में विद्यालय के सारे बच्चे अजय को जासूस करमचंद कहने लगे थे।

उस दिन जब जिले के कलेक्टर महोदय और पुलिस सुप्रिंटेंडेंट ने विद्यालय में मुख्य अतिथि के रूप में आ चुके थे और साल भर का खास जल्सा चल रहा था जिसमें कि पूरे बरस भर में विद्यालय में हर क्षेत्र में सबसे अच्छा प्रदर्शन करने वाले छात्रों को पुरस्कृत किया जा रहा था तो अजय का नाम बार बार मंच से पुकारा जा रहा था।

अजय ने भाषण प्रतियोगिता, निबंध प्रतियोगिता और बेडमिण्टन गैम में भी भाग लिया था। हर प्रतियागिता में उसके लिए में कोई न कोई पुरस्कार जरूर मिला था। दूसरे छात्र उसे सराहना के भाव से देख रहे थे, तो अजय की क्लास टीचर बड़े गर्व से ताली बजा रही थी। विद्यालय के वार्षिक उत्सव में अजय द्वारा प्रस्तुत किया गया नाटक सबसे अच्छे नाटक के रूप में चुना गया था।

नाटक का नाम था -जासूस करमचंद! करमचंद के रूप में अजय ने जो अभिनय किया वह यादगार अभिनय था।

नाटक में जो कहानी थी उसके अनुसार एक हत्या की जांच करने वाले जासूस को हत्यारे को खोजना था ओर इस काम में उसको निर्धारित की गये उसके कपड़े आदि में उसने अपनी पोशाक में लम्बा ओवरकोट, आंखें पर काला चश्मा और सिर पर हेड लगाया हुआ था। उसे यूं तो कम बोलना था लेकिन उसके देखने का तरीका और जांच पड़ताल का तरीका इतना अच्छा था कि लोग वाह वाह कर उठे।

इस नाटक का पुरस्कार क्या मिला सब लोग अजय को करमचंद कहने लगे। अजय को पहले तो बड़ा बुरा लगा कि अजय जैसा प्यारा नाम छोड़कर लोग उसे क्यों करमचंदर जैसे पराने नाम से पुकार रहे थे। लेकिन जब उसके पापा ने बताया कि

किसी नाटक में अभिनय करने के बाद जब किसी अभिनेता को नाटक के उस चरित्र के नाम पर पुकारा जाना लगे तो यह नाटक और उस अभिनेता की सबसे बड़ी सफलता और पहचान होती है, इसलिये बुरा मत मानों, यह तो वो पुरस्कार है जो साथी और विद्यालय के अध्यापक गण तुमको दे रहे हैं।

फिर क्या था ! जो भी उससे करमचंद कहता वह मुस्करा के जवाब देता। इस तरह उसकी पहचान एक जूनियर जासूस के रूप में होने लगी।

फिर तो मजाक मे यह भी होने लगा कि बस्ते में किसी की पेन्सल गुम होजाये तो सब अजय से कहते प्लीज जासूस करमचंद हमारी पेंसिल खोज दीजिये।

बच्चों की यह मजाक अजय को अच्छी लगती।

अपने साथियों के मजाक के बदले में वह हंस देता और इस तरह हर बार वह अपनी बुद्धि जासूसी तौर तरीकों और अदाओं से अपना काम करता हुआ दिखाई देता।

यह मजाक एकदिन बहुत बड़ा हो गया। स्कूल में एक बड़ी चोरी हो गयी जो खतरनाक भी थी । तो ऐसे में करमचंद की खोज की जाने लगी।

किस्सा कुछ यूं हुआ । इसी इमारत में स्कूल की दोपहर की पारी में इंटर कॉलेज की कक्षायें लगती थी। इस स्कूल की अपनी प्रयोगशाला थी। इस प्रयोगशाला में कितनी सारी चीजें कांच के मर्तबान और कांच के बर्तनो में भरी रखी थी। एक रात इस प्रयोगशाला में से एक अमूल्य डिब्बी गायब होगयी। इस डिब्बी में एक खतरनाक चीज रखी थी, जिसका नाम था पोटेशियम साइनाइड।

पोटेशियम साइनाइड, एक तरह का जहर था जिसे जीभ पर रखते ही किसी की मौत हो सकती थी ।

सुबह-सुबह प्रयोगशाला के सहायक कर्मचारी रामचंद ने जब अपने रजिस्टर में लिखी वस्तुओं का मिलान करना शुरू किया तो पाया कि पोटेशियम साइनाइट की डिब्बी गायब है। वह घबरा गया तो उसने दो बार सब जगह खोजा लेकिन जब वह

कही नही मिली तो उसने जल्दी से अपने विज्ञान शिक्षक सिसोदिया सर के पास जाकर बताया।

सिसोदिया सर ने भी आकर पूरी प्रयोगशाला में देखा लेकिन साइनाइड नहीं मिला तो घबराहट में उनके माथे पर बल पड़ गये।

इस चीज को कोई क्यों चुरायेगा, वे यह सोचने लगे।

जहर की चोरी कभी कोई नहीं करता। उन्हे तो यही पता था।

इस डिब्बी की चोरी का मतलब है कि यो तो किसी ने अंजाने मे चुराया है या फिर लापरवाही मे यह डिब्बी किसी के सामान के साथ चली गयी है।

इतनी खतरनाक चीज की चोरी की खबर सुनी तो इंटरकॉलेज के प्रंसीपल सर का भी मूड खराब होगया। वे कहने लगे कि जो भी सुनेगा मेरे पीछे पड़ जयेगा कि आपने अपने स्टाफ में कैसे लापहवाह लोगों को नौकरी पर रखा हुआ है जो इतनी खास और महत्वपूर्ण चीज का संभाल के नहीं रख पा रहे हैं।

सारे अध्यापक सिर से सिर भिड़ा कर यही विचार कर रहे थे कि क्यों न पुलिस का खबर कर दी जावें जिससे कि वे लोग आकर अपने तरीके से खोजबीन कर सकें।

प्रंसीपल सर तो उसी समय कलेक्टर साहब से मिलकर उनसे सलाह लेने का सोच रहे थे कि हिन्दी के अघ्यापक दुबे जी ने बहत डरते डरते कहा कि कक्षा आठवीं का एक विद्यार्थी है अजय, जिसे सब लोग उसकी जासूस बुद्धि के कारण खूब, मानते है क्यां न इस चोरी की जांच हम उस बच्चे से करालं।

दुबे सर की बात सुन कर सब हंसने लगे कि क्या बच्चा की बातों मे आकर एक गंभीर मुद्दे को मजाक का विषय बना रहे हो?

लेकिन प्रसिंपल सर का दुबे जी की बात जम गयी और उन्होंने अजय को बुलाने के लिए दुबे सर को अनुमति देदी।

अजय से जब उसके सर ने बताया कि इंटर कॉलेज के दुबे सर उसे बुला रहे हैं तो यह सुन अजय तो डर ही गया। उसे लगा कि खेल के समय मिडिल स्कूल के किसी छात्र से कोई मंहगी चीज टूट गयी होगी जिसका आरोप उसपे लग रहा है।

लेकिन सर का कहना मानना जरूरी था सो अजय का जाना पड़ा।

उसे विज्ञान वाले सर सिसोदिया के सामने लाया गया तो वह डरा हुआ सा था।

जब सिसोदिया सर ने कहा कि वह डरे नहीं यहां तो उससे जासूसी का काम कराना है तो वह और ज्यादा सहम सा गया कि ये लोग भी मजाक करते है, थोड़ा डर भी गया कि बैठे ठाले ये क्या समस्या आ गयी, पिताजी को पता लगेगा तो वे भी नाराज होंगे। उसे लग रहा था कि साथियां का मजाक और नाटक करमंचद में जासूस का काम करनाउस पर भारी पड़ गया।

फिर सिसोदिया सर ने उसे बताया कि पोटेशियम साइनाइड नाम का खतरनाक जहर किसी ने प्रयोगशाला से गलती से चुना लिया है और तुम्हें चोर का पता लगाना है तो मरता क्या न करता की कहावत के अनुसार अजय ने अपना दिमाग लगाना शुरू किया।

उसने प्रयोगशाला में जाकर पूरे स्टाफ से पूछा"-आप लोग यह बताओ कि यह डिब्बी आखिरी बार कब दिखीथी"

प्रयोगशाला का कर्मचारी दीपू बोला " मैंने चार दिन पहले डिब्बी अपनी जगह पर रखी हुई देखी थी।'

अब अजय ने सिसोदिया सर से पूछा " सर यह बताइये कि आपके विज्ञान विषय के कितने छात्र पता था कि इस साइनाइट जहर से जान जा सकती है"

सिसोदिया सर ने कहा "इस जहर का नाम और इससे जान चली जाने की बात तो हमारे विज्ञान विषय का कोई छात्र नही जानता था! "

अजय ने पूछा -"छात्रों के अलावा कि कितने ऐसे दूसरे कर्मचारी हैं जिन्हे यह पता है कि इस चीज से जांन जा सकती है"

प्रयोगशाला के सहायक चैतन्य सर का कहना था-" यह भी किसी को पता नही था'

अजय बोला-"सर किसी ने जानबूझ कर यह जहर नही चुराया है, इसलिये डरने की कोई जरूरत नहीं है।'

फिर उसने प्रयोगशाला के सहायक चैतन्यसर से कहा, "सर आप लोग उन लोगों की सूची बनाओ, जो किसी काम से पिछले चार दिन में प्रयोगशाला मे आये थे।'

फिर क्या था बात की बात में वह सूची बनने लगी जो लोग पिछले चार दिन में प्रयोगशाला में किसी न किसी काम से आये थे।

वह सूची अजय के हाथ में दी गयी।

अजय ने देखा कि उस सूची में और सारे के सारे नाम स्कूल से जुड़े कर्मचारी या बच्चों के थे केवल कामताप्रसाद नाम एक ऐसा व्यक्ति था जो प्रयोगशाला के काम से जुड़ा हुआ नहीं था।

उसने पूछा-"यह कामताप्रसाद कौन है"

दीपू ने बताया-" कामताप्रसाद तो पास के गांव का एक किसान है जिसके खेत में कुछ अजीब तरह के पौधे उगे हुये थे तो वह अपने खेत से कुछ पौधे उखाड़ के यह जांच कराने के लिए प्रयोगशाला लाया था कि इस पौधे के सूखे डंठल से पेटोल जैसी वास क्यों आ रही है और यह डण्ठल पैटोल की तरह जरा सी आग दिखाते ही क्यों जलते "

अजय को कामताप्रसाद के नाम में दिलचस्पी बढ़ी तो उसने पूछा -"आगे क्या हुआ"

दीपू ने बताया कि " यह आदमी आया तो था वृक्ष विज्ञान की प्रयोगशाला में आया था लेकिन पेटोल की गंध होने से वहां के सहायक इसे रसायनशासत्र की प्रयोगशाला में ले आए थें और कामताप्रसाद देर तक चुप बैठा हुआ अलमारी में रखी सब चीजों

के बारे में पूछता रहा था। चीजों के नाम और उनके काम और उनके दाम भी उसने पूछेथे, हम लोगों ने समझा कि किसान आदमी है, उसे जिज्ञासा है इसलिये हम उसे उत्साह से सब बातें बताते रहे।'

अजय ने पूछा- " क्या किसी ने उसे उस डिब्बी और उसके भीतर रखी चीज के बारे में बताया था"

दीपू ने डरते हुए बताया -" हां भैया, अलमारी की कुछ चीजों के बारे में बताया था तो उसने इस पोटेशियम साइनाइड की डिब्बी हाथ में लेकर देखी थी तो उसके हाथ से छीन कर मैने वापस रख दी थी, और उसे बताया था कि यह सबसे तेज जहर है और यह पूरी प्रयोगशाला में सबसे मंहगा भी है।'

अजय उछल पड़ा और बोला-"बस हमको अपनी जांच कामताप्रसाद पर ही केन्द्रित करना है! "

उसके बताये अनुसार सिसोदिया सर ने अपने साथ दीपू और अजय को लिया और उस गांव की ओर एक जीप से रवाना हो गये जहां कामताप्रसाद रहता था।

बारह किलोमीटर तक मिटटी की कच्ची रोड से चलते हुए सिसोदिया सर, दीपू और अजय जब कामताप्रसाद के गांव पहुंचे तो पता लगा कि वह अपने घर के दरवाजे पर बैठा था। दीपू ने उसे पहचान लिया।

इन को देख कर वह खुश हो गया और बोला-" आओ मास्साब, मेरे खेत के पौधे का रहस्य खुल गया है क्या जो आप मुझे यहां तक बताने आए हो।'

अजय बोला- " कामता चाचाजी, आप उस दिन हमारे स्कूल में आये थे और आपने वह खास महंगे जहर की डिब्बी हाथ में लेकर देखी थी न, क्या आप गलती से वह जहर की डिब्बी कहीं और रख आये थे क्या? "

यह सुन कर कामताप्रसाद बोला "कांच की मड़ी अलामारी में वह डिब्बी रखी थी न! "

अजय बोला-"ऐसा तो नहीं कि वह डिब्बी गलती से आपके साथ आपके झोले मे रखी हुई गांव तक आ गयी हो "

कामता प्रसाद का इतना सुनना था कि वह गुस्से में आगबबूला हो उठा और बोला-"आप हम पर चोरी का इल्जाम लगा रहे हैं ! हम तो जीवन भर से सुनारां की दुकान पर भी जाते हैं जहां कि बहुत कीमती सोना चांदी की चीजें रखी रहती हैं, अगर चोर होते तो तुम्हारे चीजें नही चुराते बल्कि सोनेचांदी की चीजें चुराते।"

अजय ने कहा -"आप बेकार गुस्सा हो, हमारी वह डिब्बी चोरी हो गयी है तो हम लोग पुलिस में रिपोर्ट करने जा रहे थे, हमारे स्कूल के रजिस्टर में लिखा है कि आप उस दिन प्रयोगशाला आये थे और वह डिब्बी देख रहे थे यह बात पुलिस जानेगी तो आपके पास यहां पूछताछ करने आयेगी। हमने सोचा कि आपसे पहले पूछलें कि अगर गलती से आपके पास हो तो हम वापस ले जायें। "

इतना सुनना था कि कामताप्रसाद चुप हो गया।

सिसोदिया सर ने पूछा -"बताओ कामताप्रसाद क्या कहते हो"

कामतप्रसाद जो अब तक ऐंठ रहा था एक दम से नर्म पड़ गया और डरते हुए बोला -" हां सर, गलती होगयी वो डिब्बी तो हम ही उठा लाये थे! "

'कहां है वो डिब्बी" सिसोदिया सर कड़क स्वर में बोले।

अब कामताप्रसाद रो ही उठा और बोला " माफ करें हमने वो डिब्बी तो बाजार के पंसारी को बेचदी।'

' पंसारी माने कौन? जल्दी बताओ काका! "अजय बोला।

'पंसारी यानि जड़ी बूटी बेचने वाला!" कामताप्रसाद बोला।

"चलो हमको वो दुकान बताओ, जहं पंसारी की दुकान है।' सिसोदिया सर ने उसे डांट कर कहा ।

कामताप्रसाद को काटो तो खून नहीं। वह मन मार के उनके साथ चल पड़ा।

बाजार की जिस दुकान पर उसने वह डिब्बी बेची थी,वह इस समय बंद थी, इसलिये यूंही चक्कर काट कर वे लोग वापस स्कूल आगये।'

प्रिंसीपल ने सुना तो लगा कि जांच सही दिशा में बढ़ रही है।

दोपहर होते होते वे लोग पंसारी की दुकान पर पहुंचे और कामप्रसाद को सामने खडाकर सिसोदिया सरने पूछा "इस किसान ने तुम्हे चार दिन पहले जो दवाई बेची है वह कहां है"

पहले तो पंसारी भी मुकर गया -"हमने कोई दवा नहीं खरीदी है।'

सिसोदिया सर ने कहा -" यह तो कह रहा है कि इसने ही वह डिब्बी बेची है यही बात तुमसे पुलिस पूछेगी, क्योंकि इसने सरकारी स्कूल से वह डिब्बी चुराई है।'

पुलिस का नाम सुनकर पंसारी बोला- हां हमने खरीदी थी,लेकिन हमसे एक तकिसान ने जब बिना दर्द के चूहा मारने वाली दवाई मांगी तो हमने वही डिब्बी दूसरे किसान को देदी थी ।'

अब अजय ही नहीं सब परेशान हो गये ।

सिसोदिया सर ने पूछा-"वह किसान कौन था"

पंसारी ने डरते-डरते बताया -"वह बरखेडी का लालताप्रसाद है।'

सिसोदिया सर ने अपनी जीप में उसे भी साथ लिया और सीधे बरखेड़ा गांव पहंचे।

लालताप्रसाद का नाम सुन कर गांव का एक बूढा व्यक्ति बोला -"बेचारे लालताप्रसाद की फसल तीन साल से खराब हो रही है, इसलिये वह बड़े सदमें है और चुपचाप अपने खेत पर ही बैठा रहता है वही चले जाओ वहीं बैठा मिलेगा।'

वे लोग बूढे सज्जन द्वारा बताये खेत की तरफ गये तो दूर से ही लालता प्रसाद बैठा हुआ दिख गया ।

इतने सारे लोग को देख कर लालतापंसाद को लगा कि उसकी फसल देखने के लिए खेती विभाग के अफसर आये हैं सो वह उठ खड़ा हुआ और उन लोगों के वहां पहुंचते ही बोला -"आपलोग खेती महकमा के अफसर हो न, आपका ही इंतजार कर रहा था देखिये वो खेत है जिसकी फसल हर बार खराब हो जाती है मुझे तो लगता है कि इतने कर्ज में डूब कर क्या मैं भी चूहा मारने वाली दवाई खा कर अपनी जान दे दूं"

सिसोदिया सर बोले -"अरे हम वही जांच करने आये हैं ! पहले ये बताओ कि तुम्हारे पास चूहा मारने वाली दवाई है न वो कहां है "

लालतप्रसाद बोला "वो दवाई तो मेरी पत्नी ने छिपा कर रख दी है।'

' चलो हमको घर ले चलो! " कहते हुए उन्होंने लालता प्रसाद को साथ लिया और वे लोग भागते दौड़ते उसके घर तक पहुंचे तो लालता की घर वाली ने वह दवाई ढूढ़ना शुरू किया । दो मिनट में ही वह परेशान हो गयी और बोली -" दवाई तो मिल नही रही, मेरे बेटे ने अपने बस्ते में वह दवाई न रखली हो ।'

सिसोदिया सर बोले - "बच्चा कहां गया आपका"

लालता की पत्नी बोली- "स्कूल गया है वह।"

आखिर वे लोग हांपते कांपते बच्चे के स्कूल पहुंचे और सीधे मास्साब से कह करी लालता के बच्चे का बस्ता खुलवाया तो उसमें कुछ न मिला

बच्चे ने इतनी भीड़ देखी तो मां से इसका कारण पूछा-"अम्मां ये कौन लोग हैं, और मेरे बस्ते में क्या ढूढ़ रहे हैं "

मां ने जब डिब्बी की बात बताई तो बच्चा बोला- "मेरे दोस्त ने अपने खेत पर चूहा की मारने की दवाई पूछी तो मैं घर से उठा लाया था ।'

'कहां बैठा है वह दोस्त " अजय ने पूछा तो बच्चे ने कहा कि "वह दोस्त आज स्कूल नही आया है।'

उस दोस्त की तलाश में वे सब लालता के बेटे को संग लेकर उसके घर पहुंचे तो बच्चे ने बताया कि उसने चूहों से परेशान अपने पिता किसना को वह दवाई दे दी है।

बच्चे के किसान पिता किसना को तलाशते हुये भीड़ जब उसके खेत पर पहुंची तो पता लगा कि वह किसान खेत के चूहों को मारने के लिए आटे में मिला कर वह दवाई अपने खेत में रख रहा है।

सबने राहत की सांस ली और उसे बताया कि इस दवा को छू लेने के बाद हाथ साबुन से बहुत सावधानी से धोये जाते हैं।

किसना के हाथ साबुन से धुलवा कर सब लोग वापस हुये।

सिसोदिया सर ने बाल जासूस करमचंद का सिर सहलाया और बोले " तुम्हारी सावधानी से आज हम निश्चिन्त हुये। क्या भले ही हमे दवाई नहीं मिली लेकिन उस जहर के होने वाले खराब परिणाम की जांच करते हुए तुमने आखिरी आदमी तक हमको पहुंचा दिया। "

अगले दिन करमचंद अपने स्कूल में इंटर कॉलेज सर लोग और बच्चों की तारीफ बटोर रहा था।

उस बरस के सालाना जल्से में जासूसी के लिए करमचंद यानि अजय को फिर से पुरस्कार दिया गया।